椅子會唱歌？

管家琪◎著　郭莉蓁◎圖

推薦序

態度決定了人生高度

許建崑（前東海大學中文系教授）

管家琪老師「有品故事系列」套書十冊出齊了！最先發行的《膽子訓練營》、《勇敢的公主》、《粉紅色的小鐵馬》三本書，似乎是帶領著讀者勇敢的跨進四年一班教室。

第一本，藉著新來的同學丹禎放下「隱形朋友」，與班上同學融為一體，作為故事的軸心；卻也可以看見班導陳老師照顧學生的耐心與膽識。第二本，為了班級話劇比賽，全班同學卯足全力，選角、扮演、排戲，還真熱鬧。可是在演出前夕，發現與隔壁班的戲碼相同。扮演公主的繽繽必須變通，而班上的同學又能齊心合作，達成任務，勇敢、機智、合作的特質，呼之欲出。第三本，主題看似「繽繽學車記」，說明

「堅持就能成功」。可是呢？管家琪老師利用繽繽三次與粉紅小馬相伴的夢境，帶來優美而迷離的氣氛；又讓陳老師引導同學思考「二十年後的我」，寫下短文，而文中的每個小小志願，都像一朵朵綻開的蓓蕾，令人讚嘆。

四年一班的故事，當然不只這些！七本新書，帶給我們更多的訊息。

班長巧慧是陳老師的好幫手，冷靜、理性，擁有強健的心理素質，家庭的教養給她很大的助力。在《椅子會唱歌？》中，劉家大厝改建，伯叔重聚故里，儘管三兄弟的成就大有不同，與父親曾有的互動，有百依百順的，有爭執衝突的，也有抱憾在心的，但都是因為「愛」的緣故啊。巧慧跟著爸爸、媽媽回家，與堂哥、堂妹去老宅探險，聽見椅子搖擺的聲音，還以為是爺爺的靈魂回來，坐在椅上搖啊搖。全家人對爺爺的思念，都在不言中。

與巧慧最要好的同學繽繽，綽號「冰淇淋」，卻有完全不同的性情，活潑、感性，勇於嘗試，也敢於認錯。因為作文本沒拿回來，忘了寫作文，跟老師謊報作文本丟在公車上。管家琪老師以《對面的怪叔叔》為題，創造一位拖稿未交的鬍子作家，謊稱照顧一隻從樓上跌下來的貓；來對比繽繽說謊的行為。誠實真好，說謊很累人，因為「每說一個謊，要用二十個謊言來掩飾」呢！

看見同學養寵物，繽繽也動心。《懷念小青》故事寫下繽繽養了兩隻小烏龜，最後不敵病菌感染，雙雙去了天國。繽繽把心中的遺憾說給楊校長聽；回家後，她要去幫助鄰居的森森，好好照顧小白狗。

養寵物之外，繽繽陪奶奶在陽臺種蔬菜，也是個新鮮的經驗。樓下森森的外婆有志一同，也來種菜，森森卻想「揠苗助長」，讓菜苗長高一點。在《好預兆》中，還有兩條脈絡：第一、福利社的阿姨很生氣，因為她的孩子龍龍為了做直銷，回家要錢；第二、爸爸的朋友老鬼，以「算命」為手段，誘引爸爸加入直銷。故事結束在校園開出了一片農田，請龍龍來負責耕作，讓班上的孩子也來實習。精緻的結構，說明勤勞才有結果，想「一步登天」要不得。

故事中有四個比較搶眼的男生。幼稚園大班的森森，常有些滑稽舉動，添加笑點，不過他卻比繽繽先學會騎腳踏車呢。

李樂淘與李家富是一對班寶，有點像美國好萊塢影片中的喜劇雙人組合勞萊與哈台。樂淘喜歡搧風點火，家富則是大喇叭，兩人可以把小小事情掀成狂風暴雨。那一天，陳老師帶一箱雞蛋來教室，發給大家「照顧」，好體會父母撫養子女的辛苦。不到半天，很多人打破了，就來搶其他同學的雞蛋。恰好隔壁班的宋小銘來串門子，他銳利的眼睛，發現樹上有個鳥巢，班上同學又爭相爬樹去看小鳥。混亂的場景，無法收拾，還驚動了楊校長。這就是熱鬧的《保護寶貝蛋》！

宋小銘家教較嚴，奶奶強迫他假日陪伴去市場撿寶特瓶，被同學傳述，覺得很丟臉。他把奶奶做的小紅布包送給了繽繽，卻讓森森的外婆發現，小布包的製作人曾有幫助窮人的義舉，新聞報導過。原來，小銘的奶奶勤儉、積聚，並不是自私自利的行為。《紅色小布包》一書中，說明了勤儉的美德，也間接暗示家人更須相互溝通了解。

最熱鬧的故事是《藏在心裡的疤》。班上同學鬧事，訓導主任要班長記下名字，巧慧獨漏了繽繽的名字。樂淘為什麼會起鬨呢？家富為什麼要生氣呢？繽繽又如何加入戰局呢？巧慧做出不誠實的行為，該怎麼對陳老師負責呢？恰巧陳老師的國中同學何美麗來訪，勾出當年化學實驗課誤傷美麗，留下永遠疤痕的往事。沒有人不會犯錯，但犯了錯就該坦承道歉，好好溝通，自然可以贏回友誼。

透過這十本書，管家琪老師把四年一班的師生給寫活了，但她也想要點出這些孩子的性情都是原生家庭培養出來的，如果家庭和睦，夫妻、婆媳、父子、母女溝通良好，孩子自然健康、開朗，未來也會有良好的處世態度。而「態度決定了人生的高度」，就是管家琪老師投入「有品故事系列」書寫最大的目的吧！

自序

和顏悅色勝過百依百順

管家琪

「百善孝為先」，這個觀念可以說非常深入人心，因此長久以來，孝一直是考量一個人德行的重要標準。這當然很有道理，畢竟如果一個人對父母都不孝，自然很難期望他會對別人友善。

不過，什麼是孝呢？

在「孝」這個字的後面總是跟著一個「順」，在傳統觀念中，順從父母的心意一直被理解為是表現孝道的重要方式，甚至是唯一的方式。

很多人在教育孩子要對父母孝順的時候，總是把「孝順」解釋成「要聽父母的話」，總是跟孩子們說「你要聽話哦，聽爸爸媽媽的話這才是孝順」；然而，想要表現「孝」就一定要百依百順嗎？這恐怕不一定吧，否則又怎麼會有「愚孝」這種說法呢？什麼叫做「愚孝」？對於父母的旨意，不加以判斷就全盤接受，這就是愚孝，有時反而會陷父母於不義的境地。

孝順應該表現在對待父母的態度上，尤其是在父母上了年紀以後，他們最需要的其實不是別的，往往只是希望子女對待自己的態度能夠好一點而已。

目錄

出場人物

李宗富

小平頭、身型瘦小，個性開朗，是班上的大嘴巴。

娜娜

劉巧慧的堂妹，六歲，常被打扮得像小模特兒，穿蕾絲裙，喜歡看卡通。

李樂淘

好動，是班上有名的調皮鬼，下課時常在走廊上追趕跑跳。

劉巧慧

四年一班的班長，冷靜、理性，而且細心，是班導陳老師的好幫手。

仔仔
劉巧慧的堂哥，
大伯父的兒子，
高中生，喜歡玩
電玩。

小康
仔仔的同學，高中生，
又黑又壯。

劉巧慧的爸爸
老家在鄉下，家中排行第
二，上有哥哥，下有弟弟，
父親半年多前去世。

劉巧慧的大伯父
住在老家附近，排行老大，
只比巧慧爸爸大三歲。

大新聞

禮拜一的早上，一到下課時間，巧慧才剛走出教室門口，李樂淘、李家富等三個男生就已經鬧哄哄的一下子把她給叫住。

李樂淘一臉興奮的說：「喂，劉巧慧，聽說你爺爺的老家鬧鬼呀？」

「什麼？」巧慧吃了一驚。

李家富問：「聽說你爺爺還回來看你們了？」

張子揚和李樂淘也跟著起鬨，一直窮嚷嚷：「是啊是啊，快說快說，我們想聽！我們要聽！」

看到這幾個男生的臉上都是這麼熱切的表情，巧慧只感到莫名奇妙，「你們在胡說八道些什麼啊！」

李樂淘、張子揚立刻動作一致的指著李家富，「是他說的！」

巧慧瞪著李家富，「你幹嘛要這樣亂說？」

李家富喊冤，「沒有啊，我哪有亂說，我明明聽到你跟林齊繽這麼說的！」

哦，巧慧明白了，一定是剛才在打掃的時候，當她跟繽繽說起週末回老家的一些事情，被李家富這個傢伙聽到了幾句，就開始斷章取義做起文章來了。

「真是的，不是那樣啦！」巧慧說。

「那是怎樣嘛？」李樂淘問。

「哎，怎麼說呢？這真的是一言難盡……」

「沒關係、沒關係，」李樂淘說：「那就等到中午的時候再說好了！」

於是，一吃過中飯，一大堆小朋友就圍在巧慧的課桌邊，打算要聽一個關於劉巧慧爺爺家是怎樣鬧鬼的故事……

返鄉

劉爺爺和劉奶奶一共有三個兒子，巧慧的爸爸排行第二。

自從大伯父打來電話通知說老家馬上就要拆遷以後，爸爸就很想找個機會回去看老房子最後一眼。

「我就不回去了吧。」媽媽最初是這麼說的。

爸爸也不勉強，因為他深知媽媽平常的工作也很辛苦，從禮拜一到禮拜五，就指望到了週末能夠稍微休息一下。不過，當媽媽知道連叔叔、嬸嬸也要回去的時候，她就改變了主意。

媽媽對爸爸說：「畢竟他們住得那麼遠都要回來，我如果不回去好像說不太過去吧？」

「隨便你啦，無所謂。」

儘管爸爸沒意見，媽媽決定還是要一起回去。

巧慧是很高興的，尤其是當她知道會碰到堂哥仔仔和堂妹娜娜的時候，更是格外開心。畢竟平常大家住在不同的三個地方，一年到頭難得能夠見面幾回，感覺上這一次好像是天上掉下來的額外機會。

就在上個週末，爸爸媽媽和巧慧跟平常一樣起了一個大早，坐上了開往老家的客運。

路程並不遠，預計不到兩個小時就能到。巧慧的精神很好，一直很有興致的望著窗外一片又一片黃燦燦的油菜花田，覺得美極了。

可是，坐在她身邊的爸爸卻淡淡的說：「比以前要少多了。」

爸爸的意思是油菜花田比以前要少了很多。那以前

一到春天，油菜花田到底有多大呢？巧慧覺得真是無法想像。

一到家鄉，遠遠的就看見大伯父帶著堂哥仔仔已經站在客運站的出口等候。

大家見了面都很高興，大伯父和爸爸都不約而同的說，算算也不過才三個月不見，怎麼仔仔和巧慧好像又長高了啊。

大伯父笑著說：「難怪人家都說孩子催人老啊，瞧孩子們長得多快，我們怎麼能不老啊。」

大伯父只比爸爸大三歲，但可能是穿著打扮的關係吧，巧慧覺得大伯父看起來比爸爸顯得老多了。

巧慧覺得自己和上次過年回來的時候沒什麼不同，可是她覺得堂哥好像不大一樣，好像是長高了一點吧，還是他的神情好像又變得更像大人一點？巧慧也弄不清。其實，已經上了高中的堂哥，在巧慧看來已經是和大人差不多了。

堂哥發現巧慧正看著自己，朝巧慧笑了一下，害巧慧很不好意思，趕快推推眼鏡，紅著臉有些尷尬的迅速把視線移開。

大伯父客客氣氣的問大家能不能走，要不要叫車。媽媽說：「當然能走啦，我們又還沒有七老八十呀。」於是，大伯父就領著大家慢慢的往自己家前進。

大伯父的家離客運站不遠，徒步不到二十分鐘就到了。爸爸曾經說過好多次，住在小城鎮就有這個好處，不管到哪裡都很近、很方便。

對於這一點，爸爸特別羨慕，因為爸爸上班的地方離家很遠，每天來回至少要花上兩個小時在通勤上，爸爸經常為此叫苦連天。可是爸爸媽媽上班的地方不同，當初在買房子的時候，他們經過反覆考慮，最終都覺得還是要離媽媽上班的地方近一點，這樣媽媽才能夠就近照顧家裡，一下班就可以火速衝去黃昏市場買菜，緊接著再火速衝回家，並且火速衝進廚房去料理晚餐。媽媽也說過好多次（有的時候不是「說」，而是抱怨），說每天都像是在打仗一樣，又累又緊張。

大伯父說，叔叔一家大概在中午以前可以趕到。

「他們是自己開車，很快，到時候大家正好一起吃飯。」

大伯父的家就在老房子附近。自從老房子被判定是「危樓」以後，大伯父一家就搬出來了，只是有些舊家具還放在裡頭，一直都沒有動。大伯父和大伯母也還是定期就會過來打掃一下，總之就是不讓這棟老房子看起來太荒涼。

到了大伯父家，瘦小的奶奶和一臉福泰的大伯母都熱情的出來迎接，然後把巧慧一家領進二樓的房間。這房間好大，裡頭有一張雙人床和一張單人床，窗戶正好可以遙望爺爺的老房子，還可以看到爺爺生前所住的那個房間。

事實上，應該說大伯父家整個都好大、好寬敞，還是三層樓。爸爸曾經開玩笑的說過，要是在城市裡有這麼大的一棟房子，那可真是大富翁。

大伯父曾經不只一次說過：「當初在蓋這棟房子的時候，我們是考慮到也許仔仔將來長大結婚以後會跟我們一起住。」

每次大伯父一這麼說，堂哥仔仔看起來好像都很尷尬。

神祕的聲響

放下行李以後，爸爸就說想要到老房子那裡去看看。巧慧也想跟著。於是，大伯父就陪著他們倆，三個人一起徒步往老屋走。

走了一會兒，巧慧看到堂哥仔仔也跟過來了。

老房子也很大，不比大伯父家小。爸爸就曾經有些自我解嘲的說過好多次，說自己在城市裡混了這麼久，奮鬥了這麼久，搞了半天結果居住品質其實還比不上自己小時候；因為小時候老家的房子很大，比起他們現在一家三口所住的兩房一廳，真不知道要大多少。每次一到大伯父家，或者一踏進這棟老房子，巧慧就覺得爸爸說的一點也不誇張。不過，大伯父笑著回應說，他們鄉下的房子怎麼能跟城市裡的房子比。

老房子大概是不久前才打掃過，看起來還滿乾淨的。

大伯父和爸爸停留在客廳，巧慧和堂哥則一起在屋子裡東看西看，沒多久來到了二樓，爺爺生前所住的房間。

巧慧對這個房間最深的印象，就是這裡有一張「會唱歌的椅子」。現在，她才稍一張望，一眼就看到了那張椅子，在她印象中，小時候這張椅子本來一直都是放在爺爺書桌邊的，後來也不知道從什麼時候開始，就被搬到了現在靠近窗邊的位置。

「嘿，這個椅子還在耶。」巧慧走過去，看看椅子上沒什麼灰塵，就坐了下來。

這是一張老舊的木頭搖椅，巧慧一坐上去，椅子馬上就咿咿呀呀的「叫」了起來；這就是「會唱歌的椅子」的「由來」，巧慧記得自己在二年級的時候還曾經寫過一首童詩，題目就叫做〈會唱歌的椅子〉呢。

巧慧還記得以前爺爺最喜歡坐在這張椅子上小憩。這張椅子好像從很久很久以前就已經很舊了，印象中奶奶也講過好幾次，說想要把這張椅子給丟掉，換一張新的舒服一點的椅子，但爺爺總是不肯，總是說「這把椅子就已經夠舒服的了」。

不久，就發生一件怪事。

當時，巧慧和堂哥仔仔都離開了二樓，回到一樓和兩個大人在一起，忽然，巧慧聽到一陣「咿咿呀呀」的聲音。

這個聲音，實在是太熟悉了！巧慧一怔，馬上看看堂哥，「你聽到了嗎？」

仔仔不答腔，立刻轉身就往樓上跑。顯然，仔仔也聽到了。巧慧緊緊跟在後面。但是，等他們飛快跑回剛才那間房間，卻什麼也沒有看到。

儘管「什麼也沒有看到」是很正常的，因為當他們四個人都在樓下時，二樓本來就不應該有人呀！問題是，如果二樓沒人，剛才又怎

麼會傳來那陣「咿咿呀呀」的聲音呢？那個聲音是那麼的清楚，那麼的真切，巧慧和仔仔兩個人都同時聽到了！

巧慧馬上又跑到一樓，大呼小叫道：「爸爸！爺爺的椅子剛才突然叫了！可是樓上沒人！」

爸爸奇怪的看著巧慧，「說什麼啊？」

真是的，緊要關頭，爸爸好像突然聽不懂中文了。

巧慧只好趕快再說一遍。這時，堂哥仔仔也跑下來了，也嚷嚷說著差不多的意思。

大伯父和爸爸於是也上樓去察看，但當然也是什麼異狀都沒有發現。

「這是怎麼回事啊？」爸爸咕噥著。

巧慧突然注意到爸爸的表情好像不大自然，甚至好像還有一點點害怕。這不禁讓巧慧感到有些意外，心想：「真沒想到爸爸的膽子居然會這麼小啊？」

閒逛

沒過多久，叔叔一家回來了。

當叔叔那輛拉風的新車一停在大伯父家門口的時候，照例又引起左鄰右舍的圍觀，有些長輩還都紛紛誇獎道：「老三真有本事啊！」

巧慧馬上用眼神一掃，果然很快就找到躲在一邊假裝正在忙的爸爸。巧慧知道每當大家在讚美叔叔的時候，就是爸爸感到最不自在的時候，因為爺爺的三個兒子裡，就是爸爸跟叔叔離開家鄉去大城市闖，爸爸總覺得自己沒闖出什麼名堂，尤其是在跟叔叔稍微那麼一對比時，這種感覺就更明顯了。所以，每當大家在誇獎叔叔的時候，爸爸總會比較敏感。

嬸嬸還是一樣亮麗光鮮，小娜娜也是，才六歲就被嬸嬸打扮得簡直像是一個小模特兒似的。

「姐姐！」娜娜一看到巧慧，馬上就高高興興的跑了過來。娜娜向來很喜歡堂姐，因為堂姐看過很多書，很會講故事。

稍後，在午餐的時候，大人們（其實主要就是大伯父、爸爸和叔叔三個人）都在談著老房子拆遷的事，本來巧慧是想要跟著聽一聽的，但是因為坐在她身邊的娜娜一直纏著她問東問西，讓她沒有辦法專心聽，結果就這樣東一句、西一句，聽得糊里糊塗，什麼也沒聽懂。

後來，娜娜不想繼續吃，纏著巧慧一起去玩，巧慧也就陪著娜娜離開了。

下午，堂哥仔仔說要帶著巧慧和娜娜一起到鎮上去逛逛，但是巧慧和娜娜都沒什麼興趣，還不到半個小時就逛完了。

仔仔又問：「要不要去溪邊走走？」

娜娜馬上就熱烈響應，「好啊好啊，我們再去抓蝦！現在還有沒有蝦子啊？」

可是，巧慧卻不贊成這個提議。她看看娜娜，對堂哥說：「她穿這樣可以去嗎？會不會弄髒啊？」

仔仔看看娜娜的蕾絲裙，也覺得不妥；這樣的裙子一看就很貴，萬一弄髒了嬸嬸會不會生氣啊，會不會怪他帶著堂妹亂跑啊，想想還是算了吧。

仔仔對娜娜說：「算了，還是別去溪邊了，你穿這樣實在很不方便——這樣吧，我帶你們去我一個同學家玩好了，他家可好玩了。」

在小康家

堂哥仔仔的同學叫做小康，是一個又黑又壯的傢伙，巧慧覺得堂哥仔仔跟這個小康站在一起，實在是秀氣得多了。

小康的爸爸媽媽都不在，就他一個人在家，看到仔仔帶著兩個堂妹來玩，非常歡迎，一開口就對堂哥仔仔說：「你來得正好！」

巧慧覺得小康很熱誠。不過，沒多久巧慧就發現自己剛才應該是會錯意，小康的高興和熱誠似乎主要只是針對堂哥，因為仔仔進屋才一會兒工夫，很快就跟小康一起去玩線上遊戲了，然後叫巧慧和娜娜

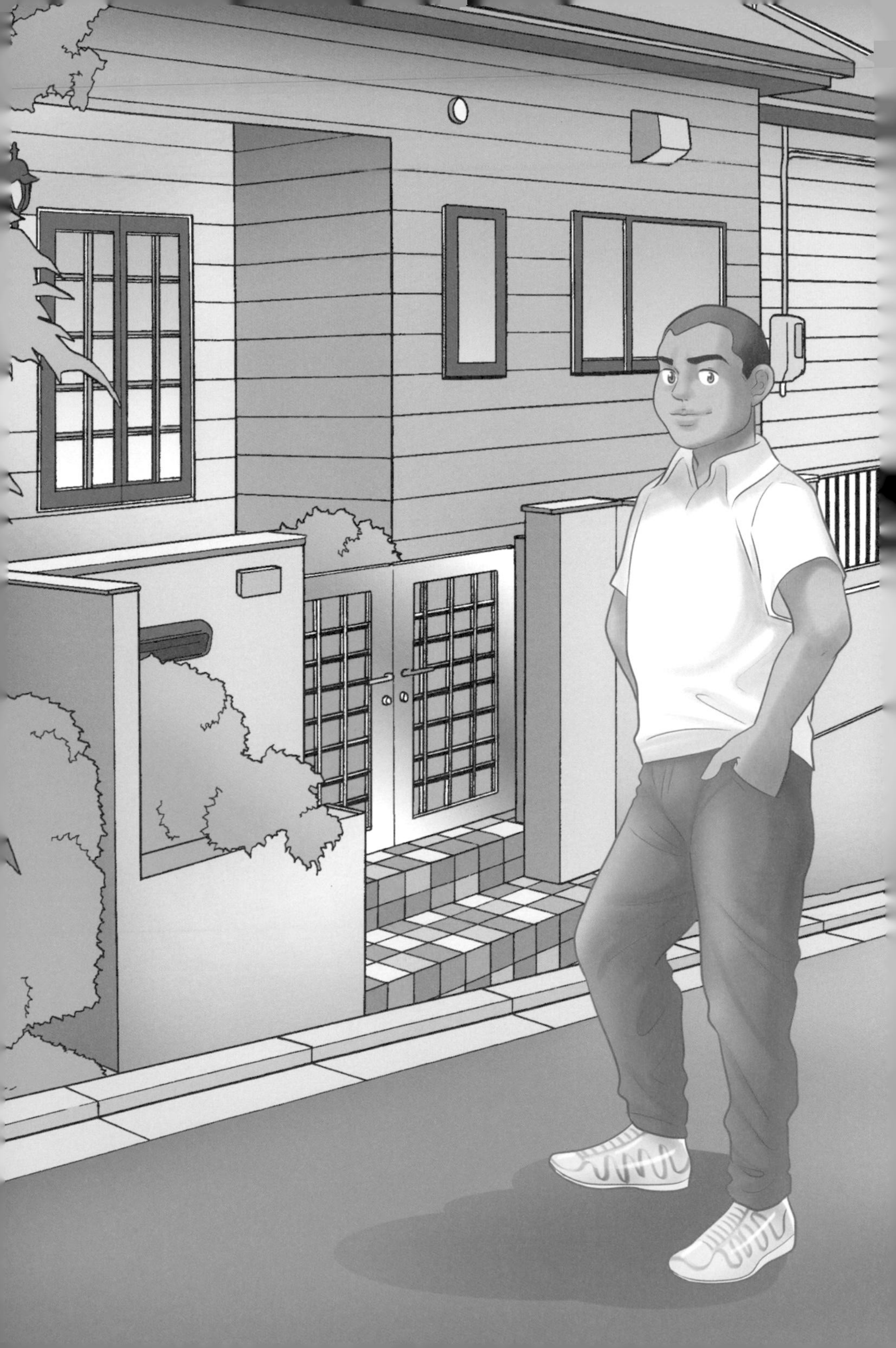

去看電視，連一杯水都沒給他們倒。

小康家根本沒有什麼好玩的嘛，巧慧有一點「上當」的感覺。不過，她還是很有禮貌的坐在那裡陪著娜娜看電視。

巧慧家平常不太看電視，所以一開始她也還能有些興致的跟著娜娜一起看，但是才看了一會兒就覺得有一點不耐煩了，天啊，這個節目怎麼這麼難看！娜娜倒是看得挺起勁，端端正正的坐在那裡，死死的盯著電視螢幕，除了會笑，幾乎是一動也不動。

巧慧覺得好無聊，而且這種無聊的感覺還愈來愈強，於是乎就慢慢走神，無所事事的東想西想，漸漸就沉浸在自己的思緒裡，根本就不知道電視到底在演些什麼。

首先，她懊惱著沒把那本看到一半的故事書帶出來……可是，堂哥仔仔明明說要帶自己和娜娜出來玩，誰會想到還要帶故事書啊……

然後她又想，爸爸總是隨身會帶一本書……有一次，他們全家參加爸爸公司的員工旅遊，在返程那天，機場起了大霧，導致大家都被迫在機場滯留，很多旅客都一屁股就坐在地板上，開始玩起撲克牌打發時間，也有人喊爸爸過去一起玩，可是爸爸不去，只是拿出一本書就靜靜的看……

自從半年多前爺爺過世以後，爸爸好像就愈來愈沉默了，臉上也經常掛著一種落落寡歡的表情……

想到爺爺，巧慧忽然又想到今天上午在老房子裡發生的事，真的好奇怪啊，明明大家都在一樓，二樓爺爺房裡的那張破搖椅怎麼會突然咿咿呀呀的叫起來了呢……

巧慧正在發愣，堂哥仔仔走了過來。

「喂，你是不是很無聊？」

巧慧的心思這才被拉了回來，點點頭，老實的說：「是有一點。」

堂哥仔仔當然看得出來絕對是不只「一點」，覺得挺不好意思，馬上說：「那我們走吧，等我一下，我去一下洗手間，然後我們就走。」

堂哥仔仔才剛走開，小康就過來了，大概是覺得自己身為主人，應該要陪陪這兩個小女生吧。

看來這兩個傢伙終於良心發現，終於注意到他們剛才把這兩個小客人晾在一邊，冷落得太久了。

小康看著巧慧問道：「聽說你會踢跆拳？」

「嗯。」

「好厲害。」

「沒有啦。」

小康沒想到這個話題居然這麼快就結束了！

他很想繼續再跟小客人說一點什麼，但是沉默了一兩分鐘，又實在找不到什麼話來講。

看他這麼一副欲言又止的樣子，巧慧不禁有一點懷疑，覺得這個傢伙是不是要講什麼難以啟齒的事？

好不容易，小康又想到了一個話題，「你爺爺的那棟老房子……」

一聽小康提起爺爺的老房子，巧慧的神經馬上一緊，立刻脫口而出問道：「是不是怪怪的？」

小康微微一愣，「什麼怪怪的？」

巧慧就把今天上午的怪事說了一下。

小康說：「這真的是有一點奇怪，不過，我剛才本來只是要說，你爺爺的那棟老房子好像要拆了？」

原來是這樣。巧慧為自己的自作聰明感到很不好意思。哎，誰教她剛才正好在想著上午那件怪事啊。

在回去的路上，仔仔鄭重其事拜託兩個小堂妹千萬別提自己在同學家打線上遊戲。

原來，大伯父和大伯母平常都不准堂哥仔仔打電玩，所以他都是跑到同學家去玩。

巧慧和娜娜都滿口答應。然而，一回到大伯父家，當大伯母才剛剛問起他們下午都上哪裡去玩的時候，娜娜竟然什麼都忘了，天真無邪就照實回答道：「沒玩什麼呀，堂哥跟他同學打電玩，我跟堂姐就看電視。」

巧慧轉頭看看堂哥仔仔，看到他一臉尷尬，真滑稽！

READY!

夜半驚人的一幕

當天晚上，巧慧在自己的單人床上迷迷糊糊的醒來，聽到在不遠處雙人床那邊，爸爸媽媽好像在講話。

「媽？」巧慧含糊的叫了一聲。

睡在雙人床上的媽媽翻過身來，面朝著巧慧，「你怎麼醒了？」

今晚的月亮似乎特別的明亮，房裡明明沒有開小夜燈，可是這會兒巧慧還是可以大致看到媽媽身影，也可以模模糊糊看到房裡的家具。

接著是爸爸的聲音：「是我們把你吵醒了嗎？」

「我也不知道……」

「快睡吧，乖。」

巧慧應了一聲。過了一會兒，她聽到爸爸媽媽又講起話來了。爸爸媽媽的聲音很低，也許是怕吵到巧慧，也許是不想讓巧慧聽到……這麼一想，巧慧一下子就清醒不少，好奇心也馬上就被勾起來了，她很想知道爸爸媽媽到底是在講些什麼不願意讓自己聽到的話呢？

可惜，她豎直了耳朵聽了半天也聽不清楚，只斷斷續續聽到了爸爸所說的幾句話：

「我順著他的意思讀他要我讀的科系，又順著他的意思留在大城市裡，可是後來大概是我自己總感覺過得不順心，心裡對他總是有一股怨氣吧……這幾年我對他的態度那麼壞……我本來想做一個孝子，但到頭來還是很不孝，我真不如老大和老三……」

媽媽則總是說：「別這麼想了……算了，你看我們巧慧多好啊，能文能武……」

「巧慧是很好，

可是我看仔仔也不錯啊，挺懂事的，娜娜還太小……」

這樣斷斷續續有一句沒一句的，實在是聽得好累，而且，就算是只聽到這麼幾句，巧慧也已經知道爸爸媽媽大概是在講什麼了；原來也不是在講什麼祕密，只不過是爸爸又在發牢騷了吧。類似的話之前巧慧也聽過不止一次了。

在爺爺過世以前，一直是這個大家庭裡最有威嚴的大家長，什麼事情都是他說了算，大家都得聽他的。據說從前就是在爺爺的規畫下，爸爸和小叔都早早就離開了家鄉，只不過爸爸是離家去上大學，小叔的大學則只上了不到一年就私自辦理了退學，然後跑去打工，當時真把爺爺氣壞了，幸好小叔後來發達了，總算在親朋好友，特別是在鄰里眼中又替爺爺掙回了面子。

聽說爸爸一直很順從爺爺的安排，但是這幾年來每次回老家，巧慧經常都會聽到爸爸頂撞爺爺，有幾次都可以說是吵架了，雖然起因都是一些不相干的小事，但巧慧漸漸明白大概就正如爸爸所言，在他心中經常有一股怨氣吧，所以對爺爺的態度總是不大好。

在巧慧還很小的時候，對於回老家玩，她一方面喜歡，一方面又不喜歡，因為爸爸每次回老家時好像變了一個人，總是變得好壞。有一次她還跟爸爸說：「我們不要帶那個『壞爸爸』回家好不好？」媽媽後來告訴她，爸爸聽巧慧居然會這麼說，覺得很慚愧……

就在巧慧的意識逐漸模糊之際，忽然，她聽到爸爸小聲的說：「今天我跟老大正在說老爸的時候，樓上那張搖椅突然叫起來，就好像有人坐在上面似的，但實際上樓上根本沒人，當時我還真有一種感覺，好像是老爸在對我表示不滿……」

聽到這裡，巧慧一下子又清醒了，馬上答腔：「是真的！是我跟堂哥先聽到的！」

巧慧這麼一說，爸爸媽媽都嚇了一跳，立刻異口同聲：「你怎麼還不睡！」語氣似乎都有些不滿。

爸爸還追加一句，「你是不是一直在聽我們說話？」

「聽不清楚啦。好啦好啦，我去尿尿一下，就睡了。」

說著，巧慧就爬起來打算去洗手間。

就在她下了床，透過窗戶，竟然看到一個不可思議的景象……

對面的老房子，爺爺生前所住的那個房間，那張放在靠近窗邊的搖椅，居然在動，竟然在慢慢的搖！就好像是有一個隱形人坐在那裡似的！

巧慧愣了一下，再看一眼，沒錯，真的在動，真的在搖！今天晚上的月光特別明亮，她看得清清楚楚！

巧慧當然是馬上轉身叫爸爸媽媽來看，爸爸媽媽一看，也愣住了。

不過，就在爸爸猶豫著要不要過去看看的時候，搖椅又不動了。

疑惑

第二天早上，當大家圍在一起吃早餐時，爸爸說起夜裡看到的怪事。巧慧聽得出來，儘管爸爸刻意說得很平淡，好像只是不經意的提起，但她覺得大家應該都還是聽得出來爸爸其實是很在意的。

大伯父說起不久前不知道打哪兒來了一個流浪漢，可能是看老屋子裡沒人住，偷偷潛進去住了將近一個禮拜，後來被他們發現了才被趕走。

大伯父說：「難道是那個人又溜回來了？」

爸爸說：「可是昨天夜裡我們都看得很清楚，那張椅子上沒人，就是一張空椅子在那裡搖。」

「搖得厲害嗎？就像真的是有人坐在那裡搖？」大伯父問。

爸爸媽媽和巧慧互看了一眼，爸爸說：「好像也不像是有人坐在那裡搖得那麼規律……」

到這個時候，無論是大伯父或是爸爸，似乎都是特意只說「有人」，不說一定是誰，偏偏娜娜卻大嚷起來：「一定是爺爺回來了！」

此話一出，嬸嬸馬上喝叱道：「不要胡說！小孩子懂什麼！吃完沒有？吃完了就去看電視！」

「可是我也想聽嘛。」娜娜嘟著嘴抗議。

「不行，小孩子別在這裡囉唆，去去去，吃得那麼慢，別吃了！去看電視！」

就這樣，娜娜硬是被嬸嬸給轟下了餐桌。

接著，嬸嬸的眼神投向了巧慧，「巧慧，你也吃完了吧？去陪一下娜娜吧。」

巧慧是吃完了，但是她也想留下來。她看看媽媽，本來是想請媽媽幫忙說話的，沒想到媽媽倒是很贊成嬸嬸的意見，也催著巧慧離開。

令人欣慰的是，堂哥仔仔很夠意思，馬上站起來說：「我吃飽了。巧慧，我們一起過去吧。」

稍後當他們來到客廳，娜娜已經專心在看卡通片，瞧那模樣好像一轉身就已經把剛才正在說的事情都忘得一乾二淨了。不過巧慧當然沒忘，她鼓起勇氣問仔仔：「你說，真的會是爺爺回來

了嗎？」

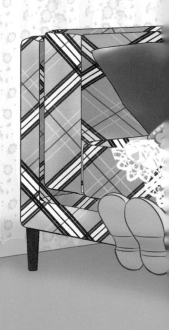

「哪裡會有這種事！」仔仔一口否決，「這其中一定有一個合理的解釋。」

「那會是怎樣的解釋？」

「我不知道，不過，我會想辦法查出來的……」

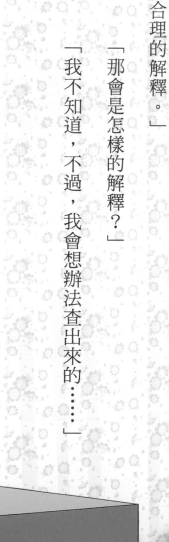

鬼由心生

「沒了？講完了？」李樂淘問。一副非常不滿意的樣子。

「是啊，就這樣。」巧慧說：「因為昨天吃完早飯沒多久，我們就回來啦。說完了。」

「這太不刺激了嘛！」李樂淘說：「我還以為是什麼多嚇人的鬼故事呢！」

巧慧覺得又好氣又好笑，「我本來就沒說是鬼故事啊，是李家富在那裡亂講。」

林齊繽也幫腔道：「就是啊，李家富最會編故事了！」

李家富說：「我還是覺得是鬼故事啊，一定是你爺爺回來了！坐在那個搖椅上，所以那個椅子才會搖。」

「別胡說了啦！」巧慧掄起小拳頭，做出一副要捶李家富的樣子。

「哇，班長要打人嘍！趕快逃命！」幾個男生叫著嚷著立刻一哄而散。

李樂淘衝出教室時，一頭撞上剛好走進教室的陳老師。

「哎喲！」陳老師被撞得後退了兩步。

哎，調皮的李樂淘，雖然才四年級，力氣就已經很大了。

李樂淘當然是跟陳老師連連道歉。幸好陳老師沒有發火，只是問：「你們在鬧什麼呀？」

這時，李家富突然問道：「老師，這個世界上到底有沒有鬼？」

「這個嘛……」陳老師想了一下，「有一句話說，『鬼由心生』，意思是說，『鬼』是由『人』、由『我們的心裡』所產生的，也就是說，你相信有就有，你相信沒有就沒有。」

不同的心思

巧慧不知道，關於那張舊搖椅莫名其妙會叫起來這件事，幾個大人的反應還真應了陳老師說的「鬼由心生」這句話；幾個大人居然都相信是爺爺「回來了」，只不過為什麼會「回來」，每個人的解讀不盡相同。

大部分的人譬如大伯父和小叔，都覺得一定是因為老房子馬上就要被拆遷了，爺爺捨不得，所以「回來」看看。奶奶還想，那一天可以說是老房子被拆遷前，家庭成員最後一次大團圓，這大概也是爺爺會「回來」的原因，一方面看看老房子，一方面也看看大家。

除此之外，有幾個家庭成員還有些別的心思。

大伯母回想自己和公婆同住這麼多年，儘管有些小疙瘩也是在所難免，但是她仔細回想，並沒有發生過什麼特別的不愉快，她覺得自己應該還算得上是一個盡責的媳婦，尤其是在公公生病之後，兩個弟妹都在外地，服侍老人家的重擔幾乎都是她一個人扛著，因此她想公公對自己應該不會有什麼不滿的。

大伯父心想，或許爸爸「回來」是想要提醒自己，現在自己是這個家庭的大家長了，自己這個老大一定要做好，特別是在拆遷費這些事情的處理上，一定要讓兩個弟弟和弟妹感到公平和滿意，哪怕自己

吃一點虧也不要緊，畢竟家庭和諧比什麼都可貴，家人之間千萬不要為了眼前的利益而鬧得不愉快，那真是太得不償失了。

其實以世俗的觀點來看，大伯父是一直在為這個家庭而「吃虧」的；當年爺爺認為大伯父不是一塊讀書的料，所以要大伯父早早就輟學打工，幫忙家計，一起栽培兩個弟弟。不過大伯父為人厚道，總認為「吃虧就是福」，現在看看，他的日子確實也過得滿不錯。

小叔告訴小嬸，他們這一家是最少回來探望兩個老人家的，平常老人家的生活起居都是大哥大嫂在照顧，關於老房子拆遷以及拆遷費

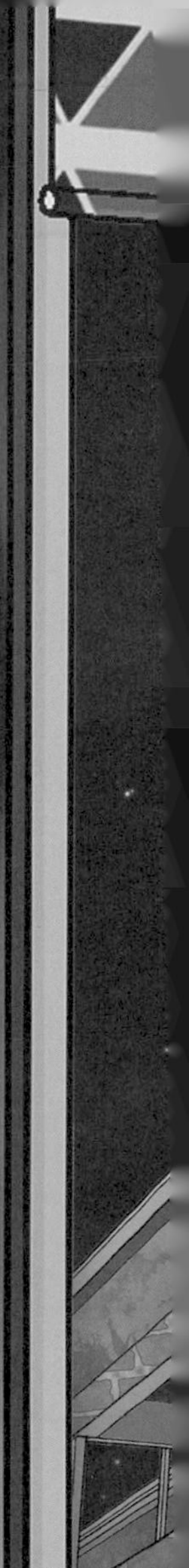

如何處理等等這些問題，他們最好不要參與意見，一切都讓大哥大嫂來作主，否則在天上的老爸一定不會答應。

小叔還說，別看自己現在好像混得還不錯，其實他始終很清楚，就算別人怎麼誇他，但是自己沒有完成大學學業這件事一直是父親很大的遺憾；畢竟父親本來就是一個讀書人，向來以讀書為貴，掙再多的錢也不能贏得父親的認同，在父親內心始終還是以二哥為榮的，因為二哥是一個文化人。

而劉家老二……也就是巧慧的爸爸，大概是在疑惑父親是不是「回來」的這麼多人當中，內心感到最不安的一個。因為他覺得在三兄弟裡，雖然自己和大哥都很聽話，但是大哥對父親的態度一直很恭

敬，這一點自己遠遠比不上，而小弟雖然早年很不聽話，老是惹父親生氣，可是這幾年來對於贍養父親承擔了許多的責任，尤其是在父親生病住院那段期間，醫療費基本上都是小弟承擔。

他感覺到關於照顧老父，大哥和小弟可以說是一個出錢、一個出力，自己呢，卻是兩頭都做得不夠，儘管兄弟都不跟他計較，但他自己還是心中有愧，更何況在父親生病之前，應該說是近幾年吧，他因為生活上的不如意，進而埋怨都是父親當年執意要他在大學畢業之後一定要留在外地，其實自己一向是很喜歡農村生活的呀。

如果老爸真的「回來」了，會不會指責自己呢？巧慧的爸爸忍不住老是這麼想。

仔仔的計畫

相對於大人似乎普遍都懷疑是不是老人家「回來」了，仔仔是絕對不信的。

「開玩笑，這個世界哪有什麼鬼！」仔仔心想。

雖然他也不能解釋，爺爺的舊搖椅為什麼會無緣無故就動起來，但是仔仔堅信其中一定有某種合理的解釋。他決心要把這個緣由給找出來。

怎麼找呢？仔仔打算要採取最辛苦但應該也是最直接、最有效的

辦法；他決定要徹夜蹲守。

不過，考慮到如果是徹夜蹲守，第二天還要上學，體力上一定吃不消，同時不知道到底要蹲守多久才能「破案」，仔仔心想總不能在頭兩天晚上就把精力耗盡，因此他覺得這件事如果僅憑一己之力一定做不了。他很快就想到要找自己的死黨小康一起來做。

小康非常爽快的答應了。

於是，兩個人就躲在那張搖椅所在的房間角落，用一個破屏風遮擋著。兩個男孩心想，他們距離搖椅這麼近，不過只有七、八步左右的距離，如果搖椅有什麼動靜，他們就在現場，一定可以看得一清二楚。

就在他們蹲守到第三個夜晚的時候，果然有了一個重大發現！

當時，兩個男孩都敵不過瞌睡蟲來襲而開始頻頻打瞌睡，忽然，搖椅又「唱」起「歌」來了！

一開始，仔仔迷迷糊糊還以為是自己在作夢，等到猛然發現不是夢，那陣「咿咿呀呀」的聲音竟然是那麼的真切，近在咫尺，立刻就本能的睜開了眼睛，結果，仔仔看到一個令他感到無比驚訝的景象……

一篇作文

這天，陳老師安排了一篇作文作為家庭作業，題目叫做〈我的志願〉。

在放學回家的路上，李樂淘悄悄跟李家富嘀咕：「我不喜歡寫這個題目，我真的不知道將來要做什麼。」

李家富說：「管他的，就寫什麼科學家啊、太空人啊，要不然就是醫生啦、法官啦、警察啦，反正就是寫立志要做偉大一點的職業準沒錯。」

「可是，這些我好像都沒什麼興趣。」

「哎呀，隨便啦，管他的，寫了再說。」

李樂淘想了一想，「不能寫想開一家玩具店嗎？」

「開玩具店幹嘛？」

「那當然是可以每天玩玩具啊，」李樂淘說：「我爸媽都不肯給我買玩具，都說玩具沒有用，可是我就是很想玩，所以，你想想，只要將來我自己開一家玩具店，自己當老闆就可以天天玩個過癮了！」

李樂淘講著講著就興奮起來了，他感覺好像可以看到玩具店的招牌；他打算要叫做「樂淘淘玩具店」，不僅可以把自己的名字放進去，而且他覺得對一家玩具店來說，這個名字實在是非常的合適。

淘淘玩具店

「你別開玩笑了，」李家富還在苦口婆心的勸說：「你要是真的這樣寫，說將來想當玩具店老闆，肯定不行的啦，就算陳老師人很好，我敢打賭你這篇作文一定會有問題的。」

李樂淘有些不服氣，「你為什麼這麼肯定啊？」

「咦，你只要看看那些作文範本就知道啦，只要是寫〈我的志願〉，一定要寫一個比較偉大的職業，沒有人會寫想要開玩具店的啦。」

「哎，好煩。」

李樂淘覺得如果不能寫想開玩具店，那他就一個字也不想寫了。

李家富倒是聳聳肩，輕鬆的說：「想這麼多幹嘛，只不過是一篇作文而已嘛，這樣吧，我們都來寫將來想當老師好了，我覺得當老師很好寫。」

然而，過了兩天，當老師把作文本發回來的時候，李樂淘和李家富都非常驚訝的發現，在幾篇同樣被陳老師誇獎為寫得很好的作文中，有一篇的「志願」並不怎麼樣啊。

那是巧慧所寫的作文，巧慧說，等她將來長大，她想開一家珍珠奶茶專賣店。

李家富忍不住質疑道：「老師……開珍珠奶茶專賣店有什麼好寫的，珍珠奶茶店滿街都是啊。」

陳老師微笑道：「〈我的志願〉，本來就是應該想做什麼就寫什麼呀，巧慧把珍珠奶茶的口感寫得很細膩，還把頭一次喝珍珠奶茶的

奶茶
珍珠
糖
作文簿
劉巧慧

滋味寫得很有趣，就文章來說，確實是一篇很不錯的作文，我現在就來念給你們聽……」

其實，巧慧在決定要把開珍珠奶茶店的志願，當成是作文素材的時候，也是有一點猶豫的。那天晚上，她還特地跑到爸爸的書房去問爸爸的意見。

當時，爸爸正在整理一些老照片。

「爸爸，今天老師安排了一篇作文，題目叫做〈我的志願〉，你覺得我可不可以寫將來長大以後，想開一家珍珠奶茶店？」

爸爸看看巧慧，似乎覺得很有趣，「你真的想開珍珠奶茶店？」

「當然是真的，我太喜歡喝珍珠奶茶啦，如果我有一家珍珠奶茶店，那不是天天都可以痛痛快快喝個飽了？」

「天天喝的話，恐怕很快就會膩了，『物少滋味多』啊。」

「才不會呢，珍珠奶茶這麼好喝，我才不會膩的。」

「那你就寫吧，」爸爸說：「將來不管你想做什麼，只要是正當職業，爸爸都會支持你的。」

就是因為有了爸爸這番保證，巧慧這才大大方方把自己真正的想法寫進了作文裡。

爸爸的想法是，巧慧現在還小，將來的事等她自己慢慢去思考，慢慢去找到答案吧，他不想指示巧慧將來應該走哪一條路，更不希望她因一時順從父親但日後又埋怨父親……

仔仔的發現

就在從老家回來之後沒幾天，巧慧得知一個令人意外的消息。

為了想要破解爺爺的搖椅為什麼會突然無緣無故叫起來的祕密，堂哥仔仔居然拉著死黨小康一起在老房子裡蹲守，結果他們還真的把這個謎題給解開了！

原來，是有一隻黑色的流浪貓，不時就會跑到老房子裡來，而且它好像特別喜歡這張破舊的搖椅，只要一來到這棟老房子，就會跑到這個房間，跳到這張搖椅上，就這樣，搖椅就咿咿呀呀的叫起來了。

大伯父在電話中說，大概是那隻流浪貓害怕寂寞吧，既然那張搖椅會「唱歌」，它自然就更喜歡往上面蹦了。

更讓人意外的是，原本並不怎麼喜歡養小動物的大伯父和大伯母，竟然收養了那隻流浪貓，理由是，看牠那麼喜歡那張舊搖椅，就覺得這隻貓好像還是有一點靈氣的，要不然怎麼會跟老人家一樣，這麼喜歡這張搖椅呢。

大伯父還說，現在他們已經把那張搖椅乾脆也搬過來了，就放在陽臺上。大伯父說，這張搖椅太舊了，人坐上去有點危險，但貓咪還是可以坐的，他們在搖椅上放了一個小墊子，現在這隻貓咪就經常窩在上面晒著太陽睡午覺。

這天，巧慧告訴好朋友續續：「我真希望趕快有機會再回去看看那隻貓咪……」

萬萬沒有想到，這番話又被李家富剛巧聽到一部分，於是，李家富很快又跑去神祕兮兮的跟李樂淘說：「告訴你一個不得了的大新聞，班長的爺爺轉世變成一隻貓了！」

可想而知，不久之後當李樂淘又跑來想向巧慧「求證」的時候，真把巧慧弄得哭笑不得！

國家圖書館出版品預行編目資料

椅子會唱歌？/管家琪著;郭莉蓁圖.2021.07初版.
-- 臺北市:幼獅文化事業股份有限公司,
112面;14.8 X 21公分. -- (故事館; 73)

ISBN 978-986-449-238-1 (平裝)

863.596　　110009440

・故事館073・

椅子會唱歌？

作　　者＝管家琪
繪　　者＝郭莉蓁
出 版 者＝幼獅文化事業股份有限公司
發 行 人＝李鍾桂
總 經 理＝王華金
總 編 輯＝林碧琪
主　　編＝沈怡汝
美術編輯＝李祥銘
總 公 司＝10045臺北市重慶南路1段66-1號3樓
電　　話＝(02)2311-2832
傳　　真＝(02)2311-5368
郵政劃撥＝00033368

印　　刷＝錦龍印刷實業股份有限公司
定　　價＝280元
港　　幣＝93元
初　　版＝2021.07
書　　號＝984263

幼獅樂讀網
http://www.youth.com.tw
幼獅購物網
http://shopping.youth.com.tw
e-mail:customer@youth.com.tw

行政院新聞局核准登記證局版臺業字第0143號

H